AF497803

SGANARELLE,

OV

LE COCV IMAGINAIRE.

COMEDIE.

AVEC LES ARGVMENS

de chaque Scene.

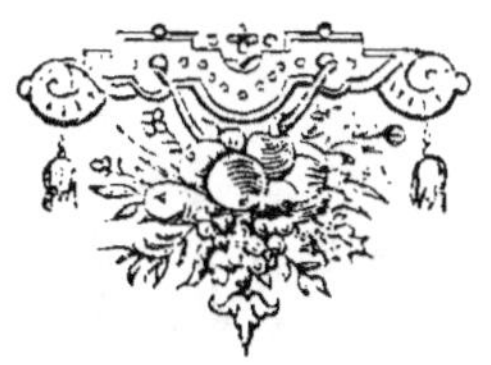

A PARIS,

Chez THOMAS IOLY, Libraire-Iuré,
au Palais, dans la Salle des Merciers,
à la Palme.

M. DC. LXV.
AVEC PRIVILEGE DV ROY.

MONSIEVR,

YANT efté voir voftre charmante Comedie du Cocv Imaginaire, la premiere fois qu'elle fit paroiftre fes beautez au Public, elle me parut fi admirable, que ie crûs que ce n'eftoit pas rendre juftice à vn fi merueilleux Ouurage, que de ne le voir qu'vne fois, ce qui m'y fit retourner cinq ou fix autres; & comme on retient affez facilement les chofes qui frappent viuement l'imagination, i'eus le bonheur de la retenir entiere, fans aucun deffein prémedité, & ie m'en apperceus d'vne maniere affez extraordinaire. Vn jour m'eftant trouué dans vne affez celebre Compagnie, où l'on s'entretenoit & de voftre Efprit, & du Genie parti- culier que vous auez pour les Pieces de Theatre, ie coulay mon fentiment parmy celuy des autres; & pour encherir par deffus ce qu'on difoit à voftre auantage, ie voulus faire le recit de voftre Cocv Imaginaire, mais ie fus bien

furpris, quand ie vis qu'à cent Vers pres ie fçauois la
Piece par cœur, & qu'au lieu du fujet, ie les auois tous
recitez; cela m'y fit retourner encore vne fois, pour ache-
uer de retenir ce que ie n'en fçauois pas. Auffi-toft vn
Gentilhomme de mes Amis, extraordinairement curieux
de ces fortes d'Ouurages, m'écriuit & me pria de luy mander ce que c'eftoit que le COCV IMAGINAIRE, parce que,
difoit-il, il n'auoit point veu de Piece dont le titre promit
rien de fi fpirituel, fi elle eftoit traittée par vn habile
Homme. Ie luy enuoyay auffi-toft la Piece que i'auois
retenuë, pour luy montrer qu'il ne s'eftoit pas trompé;
& comme il ne l'auoit point veuë reprefenter, ie crûs à
propos de luy enuoyer les Argumens de chaque Scene,
pour luy montrer que quoy que cette Piece foit admirable,
l'Autheur en la reprefentant luy-mefme y fçauoit encore
faire découurir de nouuelles beautez. Ie n'oubliay pas de
luy mander expreffément & mefme de le conjurer de n'en
laiffer rien fortir de fes mains; cependant fans fçauoir
comment cela s'eft fait, i'en ay veu courir huit ou dix
Coppies en cette Ville, & i'ay fceu que quantité de gens
eftoient prefts de la faire mettre fous la Preffe; ce qui m'a
mis dans vne colere d'autant plus grande, que la plufpart
de ceux qui ont décrit cét Ouurage, l'ont tellement défi-
guré, foit en y ajoûtant, foit en y diminuant, que ie ne
l'ay pas trouué reconnoiffable; & comme il y alloit de
voftre gloire & de la mienne, que l'on ne l'imprimaft pas
de la forte, à caufe des Vers que vous auez faits, & de la
Profe que j'y ay ajouftée, i'ay crû qu'il falloit aller au
deuant de ces Meffieurs, qui impriment les gens malgré
qu'ils en ayent, & donner vne Coppie qui fut correcte (ie
puis parler ainfi, puis que ie croy que vous trouuerez
voftre Piece dans les formes) i'ay pourtant combattu long-
temps auant que de la donner; mais enfin i'ay veu que
c'eftoit vne neceffité que nous fuffions imprimez, & ie
m'y fuis refolu d'autant plus volontiers, que i'ay veu que

cela ne vous pouuoit apporter aucun dommage, non plus
qu'à voftre Trouppe, puis que voftre Piece a efté joüée
pres de cinquante fois. Ie fuis,

MONSIEUR,

Voftre tres-humble

Seruiteur **

A VN AMY.

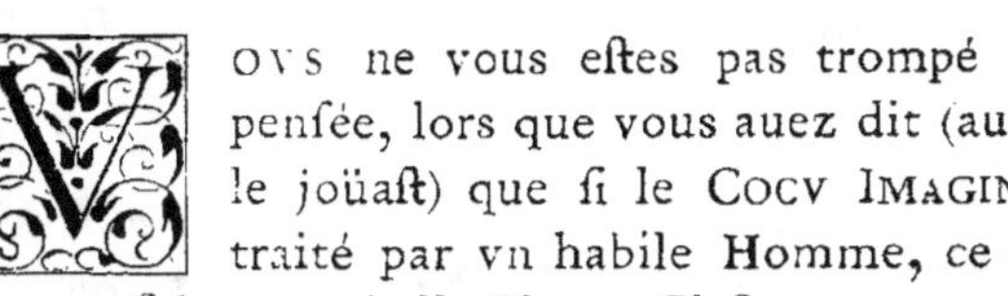

OVS ne vous eſtes pas trompé dans voſtre penſée, lors que vous auez dit (auant que l'on le joüaſt) que ſi le Cocv Imaginaire, eſtoit traité par vn habile Homme, ce deuoit eſtre vne parfaitement belle Piece : C'eſt pourquoy ie croy qu'il ne me fera pas difficile de vous faire tomber d'accord de la beauté de cette Comedie, meſme auant que de l'auoir veuë, quand ie vous auray dit qu'elle part de la plume de l'Ingenieux Autheur des *Pretieuſes Ridicules*. Iugez apres cela, ſi ce ne doit pas eſtre vn Ouurage tout a fait galand & tout à fait ſpirituel, puis que ce ſont deux choſes que ſon Autheur poſſede auantageuſement. Elles y brillent auſſi auec tant d'éclat, que cette Piece ſurpaſſe de beaucoup toutes celles qu'il a faites, quoy que le ſujet de ſes *Pretieuſes Ridicules* ſoit tout à fait ſpirituel, & celuy de ſon *Dépit Amoureux,* tout à fait galand. Mais vous en allez vous-meſme eſtre juge dès que vous l'aurez leuë, & ie ſuis aſſeuré que vous y trouuerez quantité de Vers qui ne ſe peuuent payer, que plus vous relirez, plus vous connoiſtrez auoir eſté profondement penſez. En effet le ſens en eſt ſi myſterieux, qu'ils ne peuuent partir que d'vn Homme conſommé dans les Compagnies; & i'oſe meſme auancer que Sganarelle n'a aucun mouuement jaloux,

ny ne pouffe aucuns fentimens, que l'Autheur n'ait peut-
eftre oüis luy-mefme de quantité de gens au plus fort de
leur jaloufie, tant ils font exprimez naturellement ; fi bien
que l'on peut dire que quand il veut mettre quelque
chofe au jour, il le lit premierement dans le monde (s'il
eft permis de parler ainfi), ce qui ne fe peut faire fans
auoir vn difcernement auffi bon que luy, & auffi propre
à choifir ce qui plaift. On ne doit donc pas s'étonner apres
cela, fi fes Pieces ont vne fi extraordinaire réüffite, puis
que l'on n'y voit rien de forcé, que tout y eft naturel, que
tout y tombe fous le fens. & qu'enfin les plus fpirituels
confeffent, que les paffions produiroient en eux les mefmes
effets qu'ils produifent en ceux qu'il introduit fur la
Scene.

Ie n'aurois iamais fait. fi ie pretendois vous dire tout
ce qui rend recommandable l'Autheur des *Pretieufes Ridicules*, & du Cocv Imaginaire. C'eft ce qui fait que ie
ne vous en entretiendray pas dauantage, pour vous dire
que quelques beautez que cette Piece vous faffe voir fur
le papier, elle n'a pas encor tous les agrémens que le
Theatre donne d'ordinaire à ces fortes d'Ouurages. Ie
tafcheray toutefois de vous en faire voir quelque chofe
aux endroits où il fera neceffaire pour l'intelligence des
Vers & du Sujet, quoy qu'il foit affez difficile de bien
exprimer fur le papier ce que les Poëtes appellent Ieux de
Theatre, qui font de certains endroïts, où il faut que le
corps & le vifage joüent beaucoup, & qui dépendent plus
du Comedien que du Poëte, confiftant prefque toûjours
dans l'action ; C'eft pourquoy ie vous confeille de venir à
Paris, pour voir reprefenter le Cocv Imaginaire par fon
Autheur, & vous verrez qu'il y fait des chofes qui ne
vous donneront pas moins d'admiration, que vous en
aura donné la lecture de cette Piece ; Mais ie ne m'apperçois pas que ie vous viens de promettre de ne vous plus
entretenir de l'efprit de cét Autheur, puis que vous en

découurirez plus dans les Vers que vous allez lire, que
dans tous les difcours que ie vous en pourrois faire. Ie
fçay bien que ie vous ennuye, & ie m'imagine vous voir
paffer les yeux auec chagrin par deffus cette longue
Epiftre ; mais prenez-vous en à l'Autheur... Foin, ie voudrois bien euiter ce mot d'Autheur, car ie croy qu'il fe
rencontre prefque dans chaque ligne, & i'ay déjà eflé
tenté plus de fix fois, de mettre Monsievr de Molier en
fa place. Prenez-vous en donc à Monsievr de Molier,
puis que le voila. Non, laiffez-le là toutefois, & ne vous
en prenez qu'à fon Efprit, qui m'a fait faire vne Lettre
plus longue que ie n'aurois voulu, fans toutesfois auoir
parlé d'autres perfonnes que de luy, & fans auoir dit le
quart de ce que i'auois à dire à fon auantage. Mais ie
finis de peur que cette Epiftre n'attire quelque maudiffon
fur elle ; & ie gage que dans l'impatience où vous eftes,
vous ferez bien aife d'en voir la fin & le commencement
de cette Piece.

SGANARELLE

OV LE COCV IMAGINAIRE.

GORGIBVS, Bourgeois de Paris.
CELIE, ſa Fille.
LELIE, Amant de Celie.
GROS RENE, Valet de Lelie.
SGANARELLE, Bourgeois de Paris, & Cocu
    Imaginaire.
SA FEMME.
VILLEBREQVIN, Pere de Valere.
LA SVIVANTE de Celie.
VN PARENT de Sganarelle.

La Scene eſt à Paris.

SGANARELLE,

OV

LE COCV IMAGINAIRE.

COMEDIE.

SCENE PREMIERE.

Gorgibus, Celie, fa fuivante.

ette premiere Scene, où *Gorgibus* entre auecque fa *Fille*, fait voir à l'Auditeur que l'auarice eſt la paſſion la plus ordinaire aux *Vieillards*, de meſme que l'amour eſt celle qui regne le plus ſouuent dans vn jeune cœur, & principalement dans celuy d'vne *Fille* : car l'on y voit *Gorgibus*, malgré le choix qu'il auoit fait de *Lelie* pour ſon *Gendre*, preſſer ſa *Fille* d'agréer vn autre *Eſpoux* nommé *Valere*, incomparablement plus mal fait que *Lelie*, ſans donner d'autre raiſon de ce changement, ſinon que le dernier eſt plus riche. L'on *voit d'vn autre cofté que l'amour ne fort pas facilement du cœur d'vne Fille, quand vne fois il en a fceu prendre ; c'eſt ce qui fait vn agreable combat dans cette Scene entre le Pere & la Fille, le Pere luy voulant perfuader qu'il faut eſtre obeïffante, & luy propofant pour la deuenir, au lieu de la lecture de Clelie, celle de quelques vieux Liures qui marquent l'antiquité du bon homme, & qui n'ont rien qui ne parut barbare, ſi l'on en comparoit le ſtyle à celuy des Ouurages de l'illuſtre Sapho. Mais que tout ce que ſon Pere luy dit la touche peu, elle abandonneroit volontiers la lecture de toutes fortes de Liures pour s'occuper à repaſſer ſans ceſſe en ſon efprit les belles qualitez de ſon Amant, & les plaifirs dont jouïſſent deux perfonnes qui ſe marient quand ils s'aiment mutuellement : mais las ! que ce cruel Pere luy donne ſujet d'auoir bien de plus triſtes penſées, il la preſſe ſi fort, que cette Fille affligée n'a plus de recours qu'aux larmes, qui font les armes ordinaires de ſon ſexe, qui ne font pas toutesfois affez puiſſantes pour vaincre l'auarice de cét infenſible Pere, qui la laiſſe toute éplorée. Voicy les Vers de cette Scene qui vous feront voir ce que ie vous viens de dire, mieux que ie n'ay fait dans cette Profe.*

C E L I E *fortant toute éplorée, & ſon Pere la ſuiuant.*

A H ! n'efperez iamais que mon cœur y confente.

GORGIBVS.

Que marmottez-vous là, petite impertinente ?
Vous pretendez choquer ce que i'ay refolu,
Ie n'auray pas fur vous vn pouuoir abfolu,
Et par fottes raifons voftre jeune ceruelle
Voudroit regler icy la raifon paternelle ?
Qui de nous deux à l'autre a droict de faire loy ?
A voftre auis, qui mieux, ou de vous, ou de moy,

O sotte, peut juger ce qui vous est vtile?
Par la corbleu, gardez d'échauffer trop ma bile,
Vous pourriez éprouuer sans beaucoup de longueur
Si mon bras sçait encor montrer quelque vigueur;
Vostre plus court sera, Madame la mutine,
D'accepter sans façons l'Epoux qu'on vous destine.
I'ignore, dites-vous, de quelle humeur il est,
Et dois auparauant consulter, s'il vous plaist.
Informé du grand bien qui luy tombe en partage,
Dois-je prendre le soin d'en sçauoir dauantage?
Et cet Epoux ayant vingt mille bons Ducats,
Pour estre aimé de vous, doit-il manquer d'appas?
Allez, tel qu'il puisse estre auecque cette somme,
Ie vous suis caution qu'il est tres-honneste Homme.

CELIE.

Helas!

GORGIBVS.

Hé bien helas! que veut dire cecy?
Voyez le bel helas qu'elle nous donne icy!
Hé! que si la colere vne fois me transporte.
Ie vous feray chanter helas de belle sorte.
Voila, voila le fruit de ces empressemens
Qu'on vous voit nuit & jour à lire vos Romans;
De quolibets d'amour vostre teste est remplie,
Et vous parlez de Dieu, bien moins que de Clelie.
Iettez-moy dans le feu tous ces meschans écrits
Qui gastent tous les jours tant de jeunes Esprits;
Lisez moy comme il faut, au lieu de ces sornettes,
Les Quatrains de Pibrac, & les doctes Tablettes
Du Conseiller Mathieu, ouurage de valeur,
Et plein de beaux dictons à reciter par cœur.
La Guide des Pecheurs est encor vn bon Liure;

C’eſt là qu’en peu de temps on apprend à bien viure;
Et ſi vous n’auiez leu que ces Moralitez,
Vous ſçauriez vn peu mieux ſuiure mes volontez.

CELIE.

Quoy, vous pretendez donc, mon Pere, que i’oublie
La conſtante amitié que ie dois à Lelie ?
I’aurois tort, ſi ſans vous ie diſpoſois de moy;
Mais vous-meſme à ſes vœux engageaſtes ma foy.

GORGIBVS.

Luy fut-elle engagée encore dauantage,
Vn autre eſt ſuruenu dont le bien l’en dégage.
Lelie eſt fort bien fait; mais apprens qu’il n’eſt rien
Qui ne doiue ceder au ſoin d’auoir du bien,
Que l’or donne aux plus lais certain charme pour plaire,
Et que ſans luy le reſte eſt vne triſte affaire.
Valere, ie croy bien, n’eſt pas de toy chery;
Mais s’il ne l’eſt Amant, il le ſera Mary.
Plus que l’on ne le croit, ce nom d’Epoux engage,
Et l’amour eſt ſouuent vn fruit du mariage.
Mais ſuis-je pas bien fat de vouloir raiſonner,
Où de droiƈt abſolu i’ay pouuoir d’ordonner ?
Tréue donc, ie vous prie, à vos impertinences,
Que ie n’entende plus vos ſottes doleances :
Ce Gendre doit venir vous viſiter ce ſoir,
Manquez vn peu, manquez à le bien receuoir;
Si ie ne vous luy vois faire fort bon viſage,
Ie vous... ie ne veux pas en dire dauantage.

SCENE II.

Celie, fa fuivante.

Qui comparera cette feconde Scene à la premiere, confef-fera d'abord que l'Autheur de cette Piece a un genie tout particulier pour les ouurages de Theatre, & qu'il eſt du tout impoſſible que ſes Pieces ne reüſſiſſent pas, tant il ſçait bien de quelle maniere il faut attacher l'eſprit de l'Auditeur. En effet, nous voyons qu'apres auoir fait voir dans la Scene precedente, vn Pere pedagogue, qui taſche de perſuader à ſa Fille que la richeſſe eſt preferable à l'amour, il fait parler dans celle-cy (afin de diuertir l'Auditeur par la varieté de la matiere) vne Vefve Suiuante de Celie, & Confidente tout enſemble, qui s'étonne dequoy ſa Maiſtreſſe répond par des larmes à des offres d'Hymen; & apres auoir dit qu'elle ne feroit pas de meſme ſi l'on la vouloit marier, elle trouue moyen de décrire toutes les douceurs du Mariage; ce qu'elle execute ſi bien, qu'elle en fait naiſtre l'enuie à celles qui n'en ont pas taſté. Sa Maiſtreſſe, comme font d'ordinaire celles qui n'ont iamais eſté mariées, l'écoute auec attention, & ne recule le temps de joüir de ſes douceurs, que parce qu'elle les veut gouſter auec Lelie, qu'elle aime parfaitement, & qu'elles ſe changent toutes en amertumes, lors que l'on les gouſte auec vne perſonne que l'on n'aime pas; c'eſt pour-quoy elle montre à ſa Suiuante le Portrait de Lelie, pour la faire tomber d'accord de la bonne mine de ce Galand, & du ſujet qu'elle a de l'aimer. Vous m'objecterez peut-eſtre que cette fille le doit connoiſtre, puis qu'elle demeure auec Celie, & que ſon Pere l'ayant promiſe à Lelie, cét Amant eſtoit ſouuent venu voir ſa Maiſtreſſe; mais ie vous répondray que Lelie eſtoit à la Campagne deuant qu'elle demeuraſt auec elle. Apres cette diſgreſſion, pour la juſtification de noſtre

Autheur, voyons quels effets ce Portrait produit. Celle qui peu auparauant disoit qu'il ne falloit iamais rejetter des offres d'Hymen, auoüe que Celie a sujet d'aimer tendrement vn Homme si bien fait; & Celie songeant qu'elle sera peut-estre contrainte d'en épouser vn autre, s'éuanoüit: Sa Confidente appelle du secours. Cependant qu'il en viendra, vous pouuez lire ces Vers qui vous le feront attendre sans impatience.

LA SVIVANTE.

Quoy refuser, Madame, auec cette rigueur
Ce que tant d'autres gens voudroient de tout leur cœur?
A des offres d'Hymen répondre par des larmes,
Et tarder tant à dire vn oüy si plein de charmes?
Helas! que ne veut-on aussi me marier?
Ce ne feroit pas moy qui se feroit prier;
Et loin qu'vn pareil oüy me donnast de la peine,
Croyez que i'en dirois bien viste vne douzaine.
Le Precepteur qui fait repeter la leçon
A voftre jeune Frere, a fort bonne raison,
Lors que nous difcourant des chofes de la terre,
Il dit que la femelle eft ainfi que le Lierre,
Qui croift beau tant qu'à l'arbre il fe tient bien ferré,
Et ne profite point, s'il en eft feparé.
Il n'eft rien de plus vray, ma tres-chere Maiftreffe,
Et ie l'éprouue en moy chetiue pechereffe.
Le bon Dieu faffe paix à mon pauure Martin,
Mais i'auois, luy viuant, le teint d'vn Cherubin,
L'embonpoint merueilleux, l'œil gay, l'ame contente,
Et ie fuis maintenant ma Commere dolente.
Pendant cet heureux temps, paffé comme vn éclair,
Ie me couchois fans feu dans le fort de l'Hyuer,

Secher mefme les draps me fembloit ridicule,
Et ie tremble à prefent dedans la Canicule.
Enfin il n'eſt rien tel, Madame. croyez-moy,
Que d'auoir vn mary la nuit aupres de foy ;
Ne fût-ce que pour l'heur d'auoir qui vous faluë
D'vn Dieu vous foit en aide alors qu'on éternuë.

CELIE.

Peux-tu me confeiller de commettre vn forfait,
D'abandonner Lelie, & prendre ce mal-fait ?

LA SVIVANTE.

Voſtre Lelie auffi n'eſt ma foy qu'vne belte.
Puis que fi hors de temps fon voyage l'arreſte ;
Et la grande longueur de fon éloignement
Me le fait foupçonner de quelque changement.

CELIE, *luy montrant le Portrait de Lelie.*

Ah ! ne m'accable point par ce triſte prefage,
Vois attentiuement les traits de ce vifage.
Ils jurent à mon cœur d'éternelles ardeurs ;
Ie veux croire apres tout qu'ils ne font pas menteurs ;
Et comme c'eſt celuy que l'art y reprefente,
Il conferue à mes feux vne amitié conſtante.

LA SVIVANTE.

Il eſt vray que ces traits marquent vn digne Amant,
Et que vous auez lieu de l'aimer tendrement.

CELIE.

Et cependant il faut... ah ! fouſtiens-moy.

• Laiſſant tomber le Portrait de Lelie.

LA SVIVANTE.

                              Madame,
D'où vous pourroit venir... ah ! bons Dieux elle pâme.
Hé ! viſte, hola quelqu'vn.

SCENE III.

Celie, la ſuivante, Sganarelle.

*Cette Scene eſt fort courte; & Sganarelle, comme vn des
plus proches voiſins de Celie, accourt aux cris de cette
Suiuante qui luy donne ſa Maiſtreſſe à ſoûtenir; cependant
qu'elle va chercher encore du ſecours d'vn autre coſté, comme
vous pouuez voir par ce qui ſuit.*

SGANARELLE.

Qu'eſt-ce donc ? me voila.

LA SVIVANTE.

Ma Maiſtreſſe ſe meurt.

SGANARELLE.

Quoy, n'eſt-ce que cela ?
Ie croyois tout perdu, de crier de la ſorte;
Mais aprochons pourtant. Madame, eſtes-vous morte ?
Hays, elle ne dit mot.

LA SVIVANTE.

Ie vais faire venir
Quelqu'vn pour l'emporter, veüillez la ſoûtenir.

SCENE IV.

Celie, Sganarelle, ſa femme.

*Cette Scene n'eſt pas plus longue que la precedente, & la
Femme de Sganarelle, regardant par la feneſtre, prend de la*

*jaloufie de fon Mary, à qui elle voit tenir vne Femme entre
fes bras, & décend pour le furprendre, cependant qu'il aide
à remporter Celie chez elle. Ce que vous pourrez voir en
lifant ces Vers.*

SGANARELLE, *en luy paffant la main fur le fein.*

Elle eft froide par tout, & ie ne fçais qu'en dire;
Approchons-nous pour voir fi fa bouche refpire.
Ma foy ie ne fçay pas; mais i'y trouue encor moy
Quelque figne de vie.

LA FEMME DE SGANARELLE, *regardant par la feneftre.*

Ah! qu'eft-ce que ie voy?
Mon Mary dans fes bras... Mais ie m'en vais defcendre.
Il me trahit fans doute, & ie veux le furprendre.

SGANARELLE.

Il faut fe dépefcher de l'aller fecourir,
Certes elle auroit tort de fe laiffer mourir;
Aller en l'autre monde eft tres grande fottife,
Tant que dans celuy-cy l'on peut eftre de mife.

Il l'emporte auec vn Homme que la Suiuante ameine.

SCENE V.

La Femme de Sganarelle feule.

*L'Autheur qui, comme nous auons dit cy-deffus, fçait
tout à fait bien ménager l'efprit de fon Auditeur, apres
l'auoir diuerty dans les deux precedentes Scenes, dont la
beauté confifte prefque toute dans l'action, l'attache dans*

celle-cy par vn raisonnement si juste, que l'on ne pourra qu'à peine se l'imaginer, si l'on en considere la matiere; mais il n'appartient qu'à des plumes, comme la sienne, à faire beaucoup de peu, & voicy pour satisfaire vostre curiosité le sujet de cette Scene. La Femme de Sganarelle estant décenduë, & n'ayant point trouué son Mary, fait éclater sa jalousie, mais d'vne maniere si surprenante & si extraordinaire, que quoy que cette matiere ait esté fort souuent rebatuë, iamais personne ne l'a traitée auec tant de succès, d'vne maniere si contraire à celle de toutes les autres Femmes, qui n'ont recours qu'aux emportements en de semblables rencontres; & comme il m'a esté presque impossible de vous l'exprimer aussi bien que luy, ces Vers vous en feront connoistre la beauté.

Il s'est subitement éloigné de ces lieux,
Et sa fuite a trompé mon desir curieux :
Mais de sa trahison ie ne fais plus de doute,
Et le peu que i'ay veu me la découure toute.
Ie ne m'étonne plus de l'étrange froideur
Dont ie le vois répondre à ma pudique ardeur,
Il reserue, l'ingrat, ses caresses à d'autres,
Et nourrit leurs plaisirs par le jeusne des nostres.
Voila de nos Marys le procedé commun,
Ce qui leur est permis, leur deuient importun.
Dans les commencemens ce sont toutes merueilles;
Ils témoignent pour nous des ardeurs nompareilles;
Mais les traistres bien-tost se lassent de nos feux,
Et portent autre-part ce qu'ils doiuent chez eux.
Ah! que i'ay de dépit, que la Loy n'authorise
A changer de Mary comme on fait de chemise;
Cela seroit commode, & i'en sçay tel icy

Qui comme moy ma foy le voudroit bien aussi.

En ramassant le Portrait que Celie auoit laissé tomber.

Mais quel est ce bijou que le fort me presente ?
L'émail en est fort beau, la graueure charmante.
Ouurons.

SCENE VI.

Sganarelle, & sa Femme.

    *Quelques beautez que l'Autheur ait fait voir dans la
Scene precedente, ne croyez pas qu'il soit de ceux qui souuent apres vn beau debut donnent (pour parler vulgairement)
du nez en terre, puis que plus vous auancerez dans la lecture de cette Piece, plus vous y découurirez de beautez ;
& pour en estre persuadé, il ne faut que jetter les yeux sur
cette Scene, qui en fait le fondement. Celie en s'éuanoüissant,
ayant laissé tomber le Portrait de son Amant, la Femme de
Sganarelle le ramasse ; & comme elle le considere attentiuement, son Mary ayant aidé à reporter Celie chez elle, rentre
sur la Scene & regarde par dessus l'épaule de sa Femme, ce
qu'elle considere ; & voyant ce Portrait, commence d'entrer
en quelque sorte de jaloufie, lors que sa Femme s'auise de le
sentir, ce qui confirme ses soupçons, dans la pensée qu'il a
qu'elle le baise ; mais il ne doute bien-tost plus qu'il est de
la grande Confrairie, quand il entend dire à sa Femme
qu'elle souhaitteroit d'auoir vn Espoux d'vne aussi bonne
mine : C'est alors qu'en la surprenant il luy arrache ce
Portrait ; mais deuant que de parler des discours qu'ils
tiennent ensemble sur le sujet de leur jaloufie, il est à propos
de vous dire, qu'il ne s'est iamais rien veu de si agreable, que
les postures de Sganarelle, quand il est derriere sa Femme ;
son visage & ses gestes expriment si bien sa jaloufie, qu'il*

ne feroit pas neceffaire qu'il parlaft pour paroiftre le plus
jaloux de tous les hommes : il reproche à fa Femme fon infi-
delité, & tâche de lui perfuader qu'elle eft d'autant plus
coupable, qu'elle a vn Mary qui (foit pour les qualite7 du
corps, foit pour celles de l'efprit) eft entierement parfait.
Sa Femme qui d'vn autre cofté croit auoir autant & plus
de fujet que lay d'auoir martel en tefte, s'emporte contre luy
en luy redemandant fon bijou ; tellement que chacun croyant
auoir raifon, cette difpute donne vn agreable diuertiffement
à l'Auditeur, à quoy Sganarelle contribuë beaucoup par des
geftes qui font inimitables & qui ne fe peuuent exprimer fur
le papier. Sa Femme eftant laffe d'oüir fes reproches, luy
arrache le Portrait qu'il luy auoit pris & s'enfuit, & Sga-
narelle court apres elle. Vous aurie7 fujet de me quereller,
fi ie ne vous enuoyois pas les Vers d'vne Scene qui fait le
fondement de cette Piece : c'eft pourquoy ie fatisfais à voftre
curiofité.

SGANARELLE.

On la croyoit morte, & ce n'eftoit rien,
Il n'en faut plus qu'autant, elle fe porte bien.
Mais i'apperçois ma Femme.

SA FEMME.

O ciel ! c'eft mignature,
Et voila d'vn bel Homme vne viue peinture.

SGANARELLE, *à part, & regardant fur l'épaule de fa Femme.*

Que confidere-t'elle auec attention ?
Ce Portrait, mon honneur, ne nous dit rien de bon,
D'vn fort vilain foupçon ie me fens l'ame émeuë.

SA FEMME, *fans l'apperceuoir continuë.*

Iamais rien de plus beau ne s'offrit à ma veuë ;

Le trauail plus que l'or s'en doit encor priſer.
Hon que cela ſent bon.

SGANARELLE, à part.

Quoy, peſte, le baiſer ?
Ah! i'en tiens.

SA FEMME pourſuit.

Auoüons qu'on doit eſtre rauie,
Quand d'vn Homme ainſi fait on ſe peut voir ſeruie,
Et que s'il en contoit auec attention,
Le penchant ſeroit grand à la tentation.
Ah! que n'ay-je vn Mary d'vne auſſi bonne mine,
Au lieu de mon pelé, de mon ruſtre...

SGANARELLE, luy arrachant le Portrait.

Ah! matine,
Nous vous y ſurprenons en faute contre nous,
En diffamant l'honneur de voſtre cher Eſpoux :
Donc à voſtre çalcul, ô ma trop digne Femme!
Monſieur, tout bien conté, ne vaut pas bien Madame ?
Et de par Belzebut qui vous puiſſe emporter,
Quel plus rare party pourriez-vous ſouhaitter ?
Peut-on trouuer en moy quelque choſe à redire?
Cette taille, ce port, que tout le monde admire,
Ce viſage ſi propre à donner de l'amour,
Pour qui mille beautez ſoûpirent nuit & iour;
Bref en tout & par tout ma perſonne charmante,
N'eſt donc pas vn morceau dont vous ſoyez contente;
Et pour raſſaſier voſtre appetit gourmand,
Il faut à ſon Mary le ragouſt d'vn Galand.

SA FEMME.

I'entends à demy-mot, où va la raillerie,
Tu crois par ce moyen...

SGANARELLE.

          A d'autres ie vous prie,
La chofe eft auerée, & ie tiens dans mes mains
Vn bon certificat du mal donc ie me plains.

SA FEMME.

Mon couroux n'a déja que trop de violence,
Sans le charger encor d'vne nouuelle offence;
Efcoute, ne crois pas retenir mon bijou,
Et fonge vn peu...

SGANARELLE.

          Ie fonge à te rompre le cou.
Que ne puis-je, auffi bien que ie tiens la Coppie,
Tenir l'Original!

SA FEMME.

Pourquoy ?

SGANARELLE.

          Pour rien mamie,
Doux objet de mes vœux, i'ay grand tort de crier,
Et mon front de vos dons vous doit remercier.
          Regardant le Portrait de Lelie.
Le voila le beau fils, le mignon de couchette,
Le malheureux tifon de ta flâme fecrette,
Le drôle auec lequel...

SA FEMME.

          Auec lequel, pourfuis.

SGANARELLE.

Auec lequel, te dis-je... & i'en creue d'ennuis.

SA FEMME.

Que me veut donc conter par la ce maiftre Yurogne ?

SGANARELLE.

Tu ne m'entends que trop, Madame la Carogne;

Sganarelle, eſt vn nom qu'on ne me dira plus,
Et l'on va m'appeller, Seigneur Cornelius :
I'en ſuis pour mon honneur ; mais à toy qui me l'oſtes,
Ie t'en feray du moins pour vn bras ou deux coſtes.

SA FEMME.

Et tu m'oſes tenir de ſemblables diſcours ?

SGANARELLE.

Et tu m'oſes joüer de ces diables de tours ?

SA FEMME.

Et quels diables de tours, parle donc ſans rien feindre ?

SGANARELLE.

Ah ! cela ne vaut pas la peine de ſe plaindre ;
D'vn pannache de Cerf ſur le front me pouruoir,
Helas ! voila vrayment vn beau venez-y voir.

SA FEMME.

Donc apres m'auoir fait la plus ſenſible offence
Qui puiſſe d'vne Femme exciter la vengeance,
Tu prens d'vn feint couroux le vain amuſement,
Pour preuenir l'effet de mon reſſentiment ?
D'vn pareil procedé l'inſolence eſt nouuelle,
Celuy qui fait l'offence eſt celuy qui querelle.

SGANARELLE.

Eh la bonne effrontée ! à voir ce fier maintien,
Ne la croiroit-on pas vne Femme de bien ?

SA FEMME.

Va, pourſuis ton chemin, cajole tes Maiſtreſſes,
Adreſſe leur tes vœux, & fais leur des careſſes ;
Mais rens-moy mon Portrait, ſans te joüer de moy.

Elle luy arrache le Portrait, & s'enfuit.

SGANARELLE *courant apres elle.*

Oüy, tu crois m'échaper ; ie l'auray malgré toy.

SCENE VII.

Lelie, Gros René.

Leli auoit déja trop caufé de trouble dans l'efprit de tous nos Acteurs, pour ne pas venir faire paroiftre les fiens fur la Scene: En effet, il n'y arriue pas plutoft, que l'on voit la trifteffe peinte fur fon vifage: Il fait voir que de la Campagne où il eftoit, il s'eft rendu au plutoft à Paris, fur le bruit de l'Hymen de Celie. Comme il eft tout nouuellement arriué, fon Valet le preffe d'aller manger vn morceau deuant que d'aller apprendre des nouuelles de fa Maiftreffe; mais il n'y veut pas confentir, & voyant que fon Valet l'importune, il l'enuoye manger, cependant qu'il va chercher à fe délaffer des fatigues de fon voyage aupres de fa Maiftreffe. Remarquez, s'il vous plaift, ce que cette Scene contient, & ie vous feray voir en vn autre endroit, que l'Autheur a infiniment de l'efprit de l'auoir placée fi à propos; & pour vous en mieux faire reffouuenir, en voicy les Vers.

GROS RENÉ.

Enfin nous y voicy : mais, Monfieur, fi ie l'ofe,
Ie voudrois vous prier de me dire vne chofe.

LELIE.

Hé bien, parle.

GROS RENÉ.

   Auez-vous le diable dans le corps
Pour ne pas fuccomber à de pareils efforts?
Depuis huit jours entiers auec vos longues traites
Nous fommes à piquer de chiennes de Mazettes,
De qui le train maudit nous a tant fecoüez,

Que ie m'en fens pour moy tous les membres roüez,
Sans prejudice encor d'vn accident bien pire,
Qui m'afflige vn endroit que ie ne veux pas dire;
Cependant arriué, vous fortez bien & beau,
Sans prendre de repos, ny manger vn morceau.

LELIE.

Ce grand empreffement n'eft point digne de blâme,
De l'Himen de Celie on allarme mon ame;
Tu fçais que ie l'adore, & ie veux eftre inftruit
Auant tout autre foin de ce funefte bruit.

GROS RENÉ.

Oüy, mais vn bon repas vous feroit neceffaire,
Pour s'aller éclaircir, Monfieur, de cette affaire;
Et voftre cœur fans doute en deuiendroit plus fort,
Pour pouuoir refifter aux attaques du fort.
I'en juge par moy-mefme, & la moindre difgrace,
Lors que ie fuis à jeun, me faifit, me terrace;
Mais quand i'ay bien mangé, mon ame eft ferme à tout,
Et les plus grands reuers n'en viendroient pas à bout.
Croyez-moy, bourrez-vous & fans referue aucune,
Contre les coups que peut vous porter la Fortune;
Et pour fermer chez vous l'entrée à la douleur,
De vingt verres de vin entourez voftre cœur.

LELIE.
Ie ne fçaurois manger.

GROS RENÉ *à part ce demy Vers.*
Si feray moy, ie meure.
Voftre difné pourtant feroit preft tout à l'heure.

LELIE.
Tais-toy, ie te l'ordonne.

GROS RENÉ.

Ah, quel ordre inhumain!

LELIE.

I'ay de l'inquietude & non pas de la faim.

GROS RENÉ.

Et moy i'ay de la faim & de l'inquietude,
De voir qu'vn fot amour fait toute voftre étude.

LELIE.

Laiffe-moy m'informer de l'objet de mes vœux,
Et fans m'importuner, va manger fi tu veux.

GROS RENÉ.

Ie ne replique point à ce qu'vn Maiftre ordonne.

SCENE VIII.

Lelie feul.

*Ie ne vous diray rien de cette Scene, puis qu'elle ne con-
tient que ces trois Vers.*

Non, non, à trop de peur mon ame s'abandonne,
Le Pere m'a promis, & la fille a fait voir
Des preuues d'vn amour qui foutient mon efpoir.

SCENE IX.

Sganarelle, Lelie.

*C'eft icy que l'Autheur fait voir qu'il ne fçait pas moins
bien reprefenter vne Piece, qu'il la fçait compofer; puifque*

*l'on ne vit iamais rien de si bien ioüé que cette Scene. Sga-
narelle ayant arraché à sa Femme le Portrait qu'elle luy
venoit de reprendre, vient pour le considerer à loisir, lors
que Lelie, voyant que cette Boëste ressembloit fort à celle où
estoit le Portrait qu'il auoit donné à sa Maistresse, s'approche de luy pour le regarder par dessus son espaule: tellement que Sganarelle voyant qu'il n'a pas le loisir de considerer ce Portrait comme il le voudroit bien, & que de quelque
costé qu'il se puisse tourner, il est obsedé par Lelie: & Lelie
enfin de son costé ne doutant plus que ce ne soit son Portrait, & impatient de sçauoir de qui Sganarelle peut l'auoir
eu, s'enquerre de luy comment il est tombé entre ses mains.
Ce desir étonne Sganarelle, mais sa surprise cesse bien-tost,
lors qu'apres auoir bien examiné ce Portrait, il reconnoist
que c'est celuy de Lelie. Il luy dit qu'il sçait bien le soucy
qui le tient, qu'il connoist bien que c'est son Portrait, & le
prie de cesser vn amour qu'vn Mary peut trouuer fort mauuais. Lelie luy demande s'il est Mary de celle qui conseruoit
ce gage. Sganarelle luy dit qu'oüy, & qu'il en est Mary tres-
marry, qu'il en sçait bien la cause, & qu'il va sur l'heure
l'apprendre aux Parens de sa Femme; Et moy cependant ie
m'en vais vous apprendre les Vers de cette Scene. Il faut que
vous preniez garde qu'vn agreable mal-entendu est ce qui fait
la beauté de cette Scene, & que subsistant pendant le reste de
la Piece entre les quatre principaux Acteurs, qui sont Sganarelle, sa Femme, Lelie & sa Maistresse, qui ne s'entendent
pas, il diuertit merueilleusement l'Auditeur, sans fatiguer son
esprit, tant il naist naturellement, & tant sa conduite est
admirable dans cette Piece.*

SGANARELLE.

Nous l'auons, & ie puis voir à l'aise la trogne
Du malheureux pendart qui cause ma vergogne.
Il ne m'est point connu.

LELIE *à part.*

Dieux ! qu’apperçoy-je icy ?
Et ſi c’eſt mon Portrait, que dois-je croire auſſi ?

SGANARELLE *continuë.*

Ah! pauure Sganarelle, à quelle deſtinée
Ta reputation eſt-elle condamnée ?

Apperceuant Lelie qui le regarde, il ſe retourne d’vn autre coſté.

Faut...

LELIE *à part.*

Ce gage ne peut ſans allarmer ma foy,
Eſtre ſorty des mains qui le tenoient de moy.

SGANARELLE.

Faut-il que deſormais à deux doigts l’on te montre,
Qu’on te mette en chanſons, & qu’en toute rencontre,
On te rejette au nez le ſcandaleux affront,
Qu’vne Femme mal née imprime ſur ton front ?

LELIE *à part.*

Me trompay-je ?

SGANARELLE.

Ah! Truande, as-tu bien le courage
De m’auoir fait Cocu dans la fleur de mon âge ?
Et Femme d’vn Mary qui peut paſſer pour beau,
Faut-il qu’vn Marmouzet, vn maudit Eſtourneau...

LELIE *à part, & regardant encore ſon Portrait.*

Ie ne m’abuſe point, c’eſt mon Portrait luy-meſme.

SGANARELLE *luy tourne le dos.*

Cét Homme eſt curieux.

LELIE *à part.*

Ma ſurpriſe eſt extrême.

SGANARELLE.

A qui donc en a-t'il ?

LELIE *à part.*

Ie le veux accofter.

Haut.

Puis-je... hé! de grace vn mot.

SGANARELLE *le fuit encore.*

Que me veut-il conter ?

LELIE.

Puis-je obtenir de vous, de fçauoir l'auanture,
Qui fait dedans vos mains trouuer cette peinture ?

SGANARELLE *à part, & examinant le Portrait*
qu'il tient de Lelie.

D'où luy vient ce defir ? mais ie m'auife icy...
Ah! ma foy me voila de fon trouble éclaircy,
Sa furprife à prefent n'étonne plus mon ame.
C'eft mon Homme, ou plutoft c'eft celuy de ma Femme.

LELIE.

Retirez-moy de peine, & dites d'où vous vient...

SGANARELLE.

Nous fçauons, Dieu mercy, le foucy qui vous tient;
Ce portrait qui vous fafche eft voftre reffemblance,
Il eftoit en des mains de voftre connoiffance,
Et ce n'eft pas vn fait qui foit fecret pour nous,
Que les douces ardeurs de la Dame & de vous :
Ie ne fçay pas fi i'ay dans fa galanterie
L'honneur d'eftre connu de voftre Seigneurie;
Mais faites-moy celuy de ceffer deformais
Vn amour qu'vn Mary peut trouuer fort mauuais;
Et fongez que les nœuds du facré mariage...

LELIE.

Quoy, celle, dites-vous, dont vous tenez ce gage...

SGANARELLE.

Eſt ma Femme, & ie ſuis ſon Mary.

LELIE.

Son Mary ?

SGANARELLE.

Oüy ſon Mary, vous dis-je, & Mary tres-marry ;
Vous en ſçauez la cauſe, & ie m'en vais l'apprendre
Sur l'heure à ſes parens.

SCENE X.

Lelie ſeul.

*Lelie ſe plaint dans cette Scene de l'infidelité de ſa Maiſ-
treſſe, & l'outrage qu'elle luy fait, ne l'abbatant pas moins
que les longs trauaux de ſon Voyage, le fait tomber en foibleſſe. Pluſieurs ont aſſez ridiculement repris cette Scene,
ſans auoir pour iuſtifier leur impertinence (autre choſe à
dire) ſinon que l'infidelité d'vne Maiſtreſſe n'eſtoit pas capable
de faire éuanoüir vn homme. D'autres ont dit encor, que
cet éuanoüiſſement eſtoit mal placé, & que l'on voyoit bien
que l'Autheur ne s'en eſtoit ſeruy que pour faire naiſtre l'incident qui paroiſt en ſuite. Mais ie répondray en deux mots
aux vns & aux autres : & ie dis d'abord aux premiers, qu'ils
n'ont pas bien conſideré, que l'Autheur auoit preparé cet incident long temps deuant, & que l'infidelité de la Maiſtreſſe
de Lelie, n'eſt pas ſeule la cauſe de ſon éuanoüiſſement, qu'il
en a encor deux puiſſantes raiſons, dont l'vne eſt les longs
& penibles trauaux d'vn voyage de huit iours qu'il auoit fait
en voſte, & l'autre qu'il n'auoit point mangé depuis ſon*

arriuée, comme l'Autheur l'a découuert cy-deuant aux Audi-
teurs, en faifant que Gros René le preffe d'aller manger vn
morceau afin de pouuoir refifter aux attaques du fort
(& c'eft pour cela que ie vous ay prié de remarquer la Scene
qu'ils font enfemble) tellement qu'il n'eft pas impoffible qu'vn
Homme qui arriue d'vn long voyage, qui n'a pas mangé
depuis fon arriuée, & qui apprend l'infidelité d'vne Maiftreffe, s'éuanoüiffe. Voila ce que i'ay à dire aux premiers
cenfeurs de cet incident miraculeux. Pour ce qui regarde les
feconds, quoy qu'ils paroiffent le reprendre auec plus de juf-
tice, ie les confondray encor plutoft ; & pour commencer à
leur faire voir leur ignorance, ie veux leur accorder que l'Autheur n'a fait éuanoüir Lelie, que pour donner lieu à l'incident qui fuit ; mais ne doiuent-ils pas fçauoir que quand vn
Autheur a vn bel incident à inferer dans vne Piece, s'il trouue
des moyens vrais-femblables pour le faire naiftre, il en doit
d'autant eftre plus eftimé, que la chofe eft beaucoup difficile,
& qu'au contraire, s'il ne le fait paroiftre que par des
moyens erronnez & tirez par la queuë, il doit paffer pour vn
ignorant, puis que c'eft vne des qualitez la plus neceffaire à
vn Autheur, que de fçauoir inuenter auec vray femblance ;
c'eft pourquoy puis qu'il y a tant de poffibilité & de vray-
femblance dans l'éuanoüiffement de Lelie, que l'on pourroit
dire qu'il eftoit abfolument neceffaire qu'il s'éuanoüift, puis
qu'il auroit paru peu amoureux, fi eftant arriué à Paris, il
s'eftoit allé amufer à manger, au lieu d'aller trouuer fa
Maiftreffe : ils condamnent des chofes qu'ils deuroient eftimer,
puis que la conduite de cét incident auec toutes les prépara-
tions neceffaires, fait voir que l'Autheur penfe meurement à
ce qu'il fait, & que rien ne fe peut égaler à la folidité de fon
efprit. Voila quelle eft ma penfée là deffus ; & pour vous
montrer que les raifons que i'ay apportées font vrayes, vous
n'auez qu'à lire ces Vers.

LELIE, *seul.*

Ah ! que viens-je d'entendre ?
L'on me l'auoit bien dit, & que c'eſtoit de tous
L'Homme le plus mal fait qu'elle auoit pour Epoux.
Ah ! quand mille ſermens de ta bouche infidelle
Ne m'auroient pas promis vne flame eternelle,
Le ſeul mépris d'vn choix ſi bas & ſi honteux
Deuoit bien ſoûtenir l'intereſt de mes feux,
Ingrate, & quelque bien... Mais le ſenſible outrage
Se meſlant aux trauaux d'vn aſſez long voyage,
Me donne tout à coup vn choc ſi violent,
Que mon cœur deuient foible, & mon corps chancelant.

SCENE XI.

Lelie, la femme de Sganarelle.

*Voyons ſi quelqu'vn n'aura point de pitié de ce pauure
Amant qui tombe en foibleſſe. La Femme de Sganarelle en
colere contre ſon Mary, de ce qu'il luy auoit emporté le bijou
qu'elle auoit trouué, ſort de chez elle, & voyant Lelie qui
commençoit à s'éuanoüir, le fait entrer dans ſa Salle, en
attendant que ſon mal ſe paſſe. Iugez apres les tranſports de
la jalouſie de Sganarelle, de l'effet que cét incident doit pro-
duire, & s'il fut iamais rien de mieux imaginé. Vous pourrez lire les Vers de cette Scene, cependant que i'iray voir ſi
Sganarelle a trouué quelques-vns des parens de ſa Femme.*

LA FEMME DE SGANARELLE *ſe tournant vers Lelie.*

Malgré moy mon perfide... Hélas ! quel mal vous preſſe ?
Ie vous vois preſt, Monſieur, à tomber en foibleſſe.

LELIE.

C'eſt vn mal qui m'a pris aſſez ſubitement.

LA FEMME DE SGANARELLE.

Ie crains icy pour vous l'éuanoüiſſement;
Entrez dans cette Salle, en attendant qu'il paſſe.

LELIE.

Pour vn moment ou deux, i'accepte cette grace.

SCENE XII.

Sganarelle, le Parent de ſa femme.

Il faudroit auoir le pinceau de Pouſſin, le Brun, & Mi-
gnard, pour vous repreſenter auec quelle poſture Sganarelle
ſe fait admirer dans cette Scene, où il paroiſt auec vn
parent de ſa Femme. L'on n'a iamais veu tenir de diſcours
ſi naïfs, ny paroiſtre auec vn viſage ſi niais; & l'on ne doit
pas moins admirer l'Autheur, pour auoir fait cette Piece,
que pour la maniere dont il la repreſente. Iamais perſonne
ne ſceut ſi bien démonter ſon viſage, & l'on peut dire que
dedans cette Piece, il en change plus de vingt fois : mais
comme c'eſt vn diuertiſſement que vous ne pouueʒ auoir à
moins que de venir à Paris, voir repreſenter cet incomparable
Ouurage, ie ne vous en diray pas dauantage, pour paſſer
aux choſes dont ie puis plus aiſément vous faire part. Ce
bon Vieillard remontre à Sganarelle, que le trop de promp-
titude expoſe ſouuent à l'erreur, que tout ce qui regarde
l'honneur eſt delicat : en ſuite il luy dit qu'il s'informe
mieux comment ce Portrait eſt tombé entre les mains de ſa
Femme; & que s'il ſe trouue qu'elle ſoit criminelle, il ſera
le premier à punir ſon offence. Il ſe retire apres cela. Comme
ie n'ay pû dans cette Scene vous enuoyer le Portrait du
viſage de Sganarelle, en voicy les Vers.

LE PARENT.

D'vn Mary fur ce poinſt i'approuue le foucy;
Mais c'eſt prendre la chevre vn peu bien viſte auſſi,
Et tout ce que de vous ie viens d'oüir contr'elle,
Ne conclud point, Parent, qu'elle foit criminelle;
C'eſt vn poinſt delicat, & de pareils forfaits,
Sans les bien auerer, ne s'imputent iamais.

SGANARELLE.

C'eſt à dire qu'il faut toucher au doigt la chofe.

LE PARENT.

Le trop de promptitude à l'erreur nous expofe.
Qui fçait comme en fes mains ce Portrait eſt venu,
Et fi l'Homme apres tout luy peut eſtre connu?
Informez-vous en donc; & fi c'eſt ce qu'on penfe,
Nous ferons les premiers à punir fon offenfe.

SCENE XIII.

Sganarelle *feul.*

*Sganarelle, pour ne point démentir fon caraſtere, qui fait
voir vn homme facile à prendre toutes fortes d'impreſſions,
croit facilement ce que le bon homme luy dit, & commence
à fe perfuader qu'il s'eſt trop toſt mis dans la teſte des
vifions cornuës, lors que Lelie fortant de che{ luy, auec fa
femme qui le conduit, le fait de nouueau rentrer en jaloufie.
Les Vers qu'il dit dans cette Scene, vous feront mieux voir
fon caraſtere que ie ne vous l'ay dépeint.*

SGANARELLE.

On ne peut pas mieux dire : en effet, il eſt bon
D'aller tout doucement. Peut eſtre fans raifon

Me fuis-je en tefte mis ces vifions cornuës,
Et les fueurs au front m'en font trop toft venuës.
Par ce Portrait enfin dont ie fuis alarmé,
Mon def-honneur n'eft pas tout à fait confirmé;
Tafchons donc par nos foins...

SCENE XIV.

Sganarelle, fa femme,
Lelie fur la Porte de Sganarelle, en parlant à fa Femme.

Ie ne vous dis rien de cette Scene, & ie vous laiffe juger par ces Vers de la furprife de Sganarelle.

SGANARELLE *pourfuit.*

        Ah! que vois-je? ie meure;
Il n'eft plus queftion de Portrait à cette heure,
Voicy ma foy la chofe en propre original.

LA FEMME DE SGANARELLE *à Lelie.*

C'eft par trop vous hafter, Monfieur, & voftre mal,
Si vous fortez fi-toft, pourra bien vous reprendre.

LELIE.

Non, non, ie vous rens grace autant qu'on puiffe rendre,
De l'obligeant fecours que vous m'auez prefté.

SGANARELLE *à part.*

La mafque encore apres luy fait ciuilité.

SCENE XV.

Sganarelle, Lelie.

Lelie donne fans y penfer le change à Sganarelle dans cette Scene, & ne le furprend pas moins, que l'autre a tan-

*toſt fait, en luy diſant qu'il tenoit ſon Portrait des mains
de ſa Femme. Pour mieux iuger de la ſurpriſe de Sganarelle, vous pouuez lire ces Vers, dont le dernier eſt placé ſi
à propos, que iamais Piece entiere n'a fait tant d'éclat que
ce Vers ſeul.*

SGANARELLE à part.

Il m'apperçoit, voyons ce qu'il me pourra dire.

LELIE à part.

Ah! mon ame s'émeut, & cet objet m'inſpire...
Mais ie dois condamner cet injuſte tranſport,
Et n'imputer mes maux qu'aux rigueurs de mon ſort.
Enuions ſeulement le bonheur de ſa flâme!
O trop heureux d'auoir vne ſi belle Femme!

Paſſant aupres de luy, & le regardant.

SCENE XVI.

Sganarelle, Celie regardant aller Lelie.

*L'on peut dire que cette Scene en contient deux, puis que
Sganarelle fait vne eſpece de Monologue, pendant que Celie,
qui auoit veu ſortir ſon Amant d'auec luy, le conduit des
yeux, juſqu'à ce qu'elle l'ait perdu de veuë, pour voir ſi elle
ne s'eſt point trompée. Sganarelle de ſon coſté regarde auſſi
en aller Lelie, & fait voir le dépit qu'il a de ne luy auoir
pas fait inſulte, apres l'aſſeurance qu'il croit auoir d'eſtre
Cocu de luy. Celie luy ayant laiſſé jetter la plus grande par-
tie de ſon feu, s'en approche pour luy demander, ſi celuy qui
luy vient de parler ne luy eſt pas connu; mais il luy répond
auec ſa naïueté ordinaire, que c'eſt ſa Femme qui le connoiſt
& découure peu à peu, mais d'vne maniere tout à fait agreable, que Lelie le deshonore. C'eſt icy que l'équiuoque diuer-*

tit merueilleufement l'Auditeur, puis que Celie, déteftant la
perfidie de fon Amant, iettant feu & flames contre luy,
& fortant à deffein de s'en venger, Sganarelle croit qu'elle
prend fa defenfe, & qu'elle ne court à deffein de le punir,
que pour l'amour de luy. Comme les Vers de cette Scene
donnent à l'Auditeur vn plaifir extraordinaire, il ne feroit
pas jufte de vous priuer de ce contentement, c'eft pourquoy
en jettant les yeux fur les lignes fuiuantes, vous pourrez
connoiftre que l'Autheur fçait parfaitement bien conduire vn
équiuoque.

SGANARELLE *fans voir Celie.*

Ce n'eft point s'expliquer en termes ambigus.
Cet étrange propos me rend auffi confus,
Que s'il m'eftoit venu des cornes à la tefte.
Allez, ce procedé n'eft point du tout honnefte.

Il fe tourne du cofté que Lelie s'en vient d'en aller.

CELIE *à part.*

Quoy, Lelie a paru tout à l'heure à mes yeux,
Qui pourroit me cacher fon retour en ces lieux?

SGANARELLE *pourfuit.*

O trop heureux, d'auoir vne fi belle Femme!
Malheureux bien plutoft de l'auoir cette infame,
Dont le coupable feu trop bien verifié,
Sans refpect ny demy nous a cocufié.

Celie approche peu à peu de luy, & attend que fon tranfport foit finy
pour luy parler.

Mais ie le laiffe aller apres vn tel indice,
Et demeure les bras croifez comme vn Iocrice.
Ah! ie deuois du moins luy jetter fon chapeau,
Luy rüer quelque pierre, ou crotter fon manteau,
Et fur luy hautement pour contenter ma rage,
Faire au Larron d'honneur crier le voifinage.

CELIE.

Celuy qui maintenant deuers vous eſt venu,
Et qui vous a parlé, d'où vous eſt-il connu?

SGANARELLE.

Helas! ce n'eſt pas moy qui le connoiſt, Madame,
C'eſt ma Femme.

CELIE.

Quel trouble agite ainſi voſtre ame?

SGANARELLE.

Ne me condamnez point d'vn deüil hors de ſaiſon,
Et laiſſez moy pouſſer des ſoûpirs à foiſon.

CELIE.

D'où vous peuuent venir ces douleurs non communes?

SGANARELLE.

Si ie ſuis affligé, ce n'eſt pas pour des prunes,
Et ie le donnerois à bien d'autres qu'à moy
De ſe voir ſans chagrin au poinct où ie me voy.
Des Maris malheureux vous voyez le modele,
On dérobe l'honneur au pauure Sganarelle;
Mais c'eſt peu que l'honneur dans mon affliction,
L'on me dérobe encor la reputation.

CELIE.

Comment?

SGANARELLE.

Ce Damoiſeau, parlant par reuerence,
Me fait Cocu, Madame, auec toute licence,
Et i'ay ſceu par mes yeux auerer aujourd'huy
Le commerce ſecret de ma Femme & de luy.

CELIE.

Celuy qui maintenant...

SGANARELLE.

Oüy, oüy, me def-honore,
Il adore ma Femme, & ma Femme l'adore.

CELIE.

Ah! i'auois bien jugé que ce fecret retour
Ne pouuoit me couurir que quelque lafche tour,
Et i'ay tremblé d'abord en le voyant pareſtre,
Par vn preffentiment de ce qui deuoit eftre.

SGANARELLE.

Vous prenez ma defenfe auec trop de bonté,
Tout le monde n'a pas la mefme charité,
Et plufieurs qui tantoft ont appris mon martyre,
Bien loin d'y prendre part, n'en ont rien fait que rire.

CELIE.

Eft-il rien de plus noir que ta lafche action?
Et peut on luy trouuer vne punition?
Dois-tu ne te pas croire indigne de la vie,
Apres t'eftre foüillé de cette perfidie?
O Ciel! eft-il poffible?

SGANARELLE.

Il eft trop vray pour moy.

CELIE.

Ah! Traiftre, Scelerat, Ame double & fans foy.

SGANARELLE.

La bonne ame!

CELIE.

Non, non, l'Enfer n'a point de gefne
Qui ne foit pour ton crime vne trop douce peine.

SGANARELLE.

Que voila bien parler!

CELIE.

Auoir ainſi traité
Et la meſme innocence, & la meſme bonté !

SGANARELLE. Il ſoûpire haut.

Hay.

CELIE.

Vn cœur qui iamais n'a fait la moindre choſe,
A merité l'affront où ton mépris l'expoſe ?

SGANARELLE.

Il eſt vray.

CELIE.

Qui bien loin... Mais c'est trop & ce cœur
Ne ſçauroit y ſonger ſans mourir de douleur.

SGANARELLE.

Ne vous faſchez pas tant, ma tres chere Madame,
Mon mal vous touche trop, & vous me percez l'ame.

CELIE.

Mais ne t'abuſe pas iuſqu'à te figurer
Qu'à des plaintes ſans fruit i'en veüille demeurer ;
Mon cœur pour ſe vanger ſçait ce qu'il te faut faire,
Et i'y cours de ce pas, rien ne m'en peut diſtraire.

SCENE XVII.

Sganarelle ſeul.

*Si i'auois tantoſt beſoin de ces excellens Peintres que ie
vous ay nommez, pour vous dépeindre le viſage de Sganarelle ; i'aurois maintenant beſoin, & de leur Pinceau, & de
la Plume des plus excellens Orateurs, pour vous décrire cette
Scene. Iamais il ne ſe vit rien de plus beau, iamais rien de
mieux joüé, & iamais Vers ne furent ſi generalement eſti-
mez. Sganarelle joüë ſeul cette Scene, repaſſant dans ſon*

esprit tout ce que l'on peut dire d'vn Cocu, & les raisons pour lesquelles il ne s'en doit pas mettre en peine, s'en démesle si bien, que son raisonnement pourroit en vn besoin consoler ceux qui sont de ce nombre. Ie vous enuoye les Vers de cette Scene, afin que si vous connoissez quelqu'vn en vostre Païs qui soit de la Confrairie dont Sganarelle se croit estre, vous le puissiez par là retirer de la melancolie où il pourroit s'estre plongé.

SGANARELLE, *seul.*

Que le Ciel la preserue à iamais de danger.
Voyez quelle bonté de vouloir me vanger!
En effet, son couroux qu'excite ma disgrace,
M'enseigne hautement ce qu'il faut que ie fasse.
Et l'on ne doit iamais souffrir sans dire mot
De semblables affronts, à moins qu'estre vn vray sot.
Courons donc le chercher cependant qu'il m'affronte,
Montrons nostre courage à vanger nostre honte.
Vous apprendrez, Maroufle, à rire à nos despens,
Et sans aucun respect faire Cocus les gens.
Doucement, s'il vous plaist, cét homme a bien la mine

Il se retourne ayant fait trois ou quatre pas.

D'auoir le sang boüillant, & l'ame vn peu mutine,
Il pourroit bien, mettant affront dessus affront,
Charger de bois mon dos, comme il a fait mon front.
Ie hay de tout mon cœur les Esprits coleriques,
Et porte grand amour aux Hommes pacifiques :
Ie ne suis point battant de peur d'estre battu,
Et l'humeur debonnaire est ma grande vertu,
Mais mon honneur me dit que d'vne telle offence
Il faut absolument que ie prenne vengeance.
Ma foy laissons-le dire autant qu'il luy plaira,

Au Diantre qui pourtant rien du tout en fera :
Quand i'auray fait le braue, & qu'vn fer pour ma peine
M'aura d'vn vilain coup tranfpercé la bedaine,
Que par la Ville ira le bruit de mon trépas,
Dites-moy, mon honneur, en ferez vous plus gras ?
La Biere eft vn féjour par trop melancolique,
Et trop mal fain pour ceux qui craignent la colique :
Et quant à moy ie trouue, ayant tout compaffé,
Qu'il faut mieux eftre encor Cocu, que Trépaffé ?
Quel mal cela fait-il ? la jambe en deuient-elle
Plus tortuë apres tout, & la taille moins belle ?
Pefte foit qui premier trouua l'inuention
De s'affliger l'efprit de cette vifion,
Et d'attacher l'honneur de l'homme le plus fage,
Aux chofes que peut faire vne femme volage :
Puis qu'on tient à bon droiƈt tout crime perfonnel,
Que fait là noftre honneur pour eftre criminel ?
Des aƈtions d'autruy l'on nous donne le blâme.
Si nos Femmes fans nous ont vn commerce infame,
Il faut que tout le mal tombe fur noftre dos,
Elles font la fottife, & nous fommes les Sots :
C'eft vn vilain abus, & les gens de Police
Nous deuroient bien regler vne telle injuftice.
N'auons nous pas affez des autres accidents,
Qui nous viennent happer en dépit de nos dents ?
Les querelles, procez, faim, foif & maladie,
Troublent-ils pas affez le repos de la vie,
Sans s'aller de furcroift auifer fottement
De fe faire vn chagrin qui n'a nul fondement ?
Mocquons-nous de cela, méprifons les alarmes,
Et mettons fous nos pieds les foûpirs & les larmes ;
Si ma Femme a failly, qu'elle pleure bien fort.

Mais pourquoy moy pleurer, puis que ie n'ay point tort?
En tout cas ce qui peut m'oſter ma faſcherie,
C'eſt que ie ne ſuis pas ſeul de ma Confrairie :
Voir cajoler ſa Femme, & n'en témoigner rien,
Se pratique aujourd'huy par force gens de bien.
N'allons donc point chercher à faire vne querelle
Pour vn affront qui n'eſt que pure bagatelle.
L'on m'appellera Sot de ne me vanger pas ;
Mais ie le ferois fort de courir au trépas.

Mettant la main ſur ſon eſtomach.

Ie me ſens là pourtant remüer vne bile
Qui veut me conſeiller quelque action virile :
Oüy le couroux me prend, c'eſt trop eſtre poltron,
Ie veux reſolument me vanger du Larron ;
Déja pour commencer dans l'ardeur qui m'enflame,
Ie vais dire par tout qu'il couche auec ma Femme.

*Auoüez-moy maintenant la verité, eſt-il pas vray, Mon-
ſieur, que vous auez trouué ces Vers tout à fait beaux, que
vous ne vous eſtes pû empeſcher de les relire encore vne fois,
& que vous demeurez d'accord que Paris a eu raiſon de
nommer cette Scene, la belle Scene.*

SCENE XVIII.

Gorgibus, Celie, la ſuiuante.

*Celie n'ayant point trouué de moyen plus propre pour
punir ſon Amant, que d'épouſer Valere, dit à ſon Pere qu'elle
eſt preſte de ſuiure en tout ſes volontez ; dequoy le bon Vieillard témoigne eſtre beauc up ſatisfait, comme vous pouuez
voir par ces Vers.*

CELIE.

Ouy, ie veux bien subir vne si juste Loy,
Mon Pere, disposez de mes vœux & de moy,
Faites quand vous voudrez signer cette Hymenée,
A suiure mon deuoir ie suis déterminée,
Ie pretends gourmander mes propres sentimens,
Et me soûmettre en tout à vos commandemens.

GORGIBVS.

Ah! voila qui me plaist, de parler de là sorte;
Parbleu, si grande joye à l'heure me transporte,
Que mes jambes sur l'heure en cabrioleroient,
Si nous n'estions point veus de gens qui s'en riroient.
Approche-toy de moy, viença que ie t'embrasse,
Vne belle action n'a pas mauuaise grace,
Vn Pere quand il veut peut sa Fille baiser,
Sans que l'on ait sujet de s'en scandaliser.
Va, le contentement de te voir si bien née,
Me fera rajeunir de dix fois vne année.

SCENE XIX.

Celie, la suiuante.

*Vous pourrez dans les cinq Vers qui suiuent, apprendre
tout le sujet de cette Scene.*

LA SVIVANTE.

Ce changement m'étonne.

CELIE.

       Et lors que tu sçauras
Par quel motif i'agis, tu m'en estimeras.

LA SVIVANTE.

Cela pourroit bien eſtre.

CELIE.

Apprens donc que Lelie
A pû bleſſer mon cœur par vne perfidie,
Qu'il eſtoit en ces lieux ſans...

LA SVIVANTE.

Mais il vient à nous.

SCENE XX.

Celie, Lelie, la ſuiuante.

Dans cette Scene, Lelie qui auoit fait deſſein de s'en retourner, vient trouuer Celie, pour luy dire vn éternel adieu, & ſe plaindre de ſ n infidelité, dans la penſée qu'il a, qu'elle eſt mariée à Sganarelle ; lors que Celie qui croit auoir plus de lieu de ſe plaindre que luy, luy reproche de ſon coſté ſa perfidie ; ce qui ne donne pas vn mediocre contentement à l'Auditeur, qui connoiſt l'innocence de l'vn & de l'autre : & comme vous la connoiſſez auſſi, ie croy que ces Vers vous pourront diuertir.

LELIE.

Auant que pour iamais ie m'éloigne de vous,
Ie veux vous reprocher au moins en cette place...

CELIE.

Quoy me parler encor, auez-vous cette audace ?

LELIE.

Il eſt vray qu'elle eſt grande, & voſtre choix eſt tel

Qu'à vous rien reprocher ie ferois criminel.
Viuez, viuez contente, & brauez ma memoire
Auec le digne Epoux qui vous comble de gloire.

CELIE.

Oüy, Traiftre, i'y veux viure, & mon plus grand defir
Ce feroit que ton cœur en euft du déplaifir.

LELIE.

Qui rend donc contre moy ce courroux legitime ?

CELIE.

Quoy tu fais le furpris, & demande ton crime ?

SCENE XXI.

Celie, Lelie, Sganarelle, la Suiuante.

Sganarelle, qui commè vous aveȝ veu dans la fin de la belle Scene (puis qu'elle n'a point à prefent d'autre nom dans Paris) a pris refolution de fe vanger de Lelie, vient pour cét effet dans cette Scene, armé de toutes pieces ; & comme il ne l'apperçoit pas d'abord, il ne luy promet pas moins que la mort, dés qu'il le rencontrera ; Mais comme il eft de ceux qui n'exterminent leurs ennemis que quand ils font abfens, auffi-toft qu'il apperçoit Lelie, bien loin de luy paffer l'épée au trauers du corps, il ne luy fait que des reuerences, & puis fe retirant à quartier, il s'excite à faire quelque effort genereux & à le tuer par derriere ; & fe mettant apres en colere contre foy-mefme, de ce que fa poltronnerie ne luy permet pas feulement de le regarder entre deux yeux, il fe punit foy-mefme de fa lafcheté, par les coups & les foufflets qu'il fe donne ; & l'on peut dire, que

quoy que bien souuent l'on ait veu des Scenes semblables,
Sganarelle sçait si bien animer cette action, qu'elle paroist
nouuelle au Theatre. Cependant que Sganarelle se tour-
mente ainsi luy-mesme, Celie & son Amant n'ont pas moins
d'inquietude que luy, & ne se reprochent que par des regards
enflamez de couroux, leur infidelité imaginaire, la colere
quand elle est montée iusqu'à l'excez, ne nous laissant pour
l'ordinaire que le pouuoir de dire peu de paroles. Celie est la
premiere qui à la veuë de Sganarelle dit à son Amant de
jetter les yeux sur luy, & qu'il verra dequoy le faire ressou-
uenir de son crime ; mais comment y trouueroit-il dequoy le
confondre, puis que c'est par là qu'il pretend la confondre
elle-mesme. Il se passe encore quantité de choses dans cette
Scene, qui confirme les soupçons de l'vn & de l'autre ; mais
de peur de vous ennuyer trop long-temps par ma Prose, i'ay
recours aux Vers que voicy, pour vous les expliquer.

SGANARELLE *entre armé.*

Guerre, guerre mortelle, à ce Larron d'honneur,
Qui sans misericorde a soüillé nostre honneur.

CELIE *à Lelie.*

Tourne, tourne les yeux sans me faire répondre.

LELIE.

Ah ! ie vois...

CELIE.

Cét objet suffit pour te confondre.

LELIE.

Mais pour vous obliger bien plutost à rougir.

SGANARELLE.

Ma colere à present est en estat d'agir,
Dessus ses grands cheuaux est monté mon courage,

Et fi ie le rencontre on verra du carnage :
Oüy, i'ay juré fa mort, rien ne peut m'empefcher,
Où ie le trouueray, ie le veux dépefcher,
Au beau milieu du cœur il faut que ie luy donne...

LELIE.

A qui donc en veut-on?

SGANARELLE.

Ie n'en veux à perfonne.

LELIE.

Pourquoy ces armes là?

SGANARELLE.

C'eft vn habillement
à part.

Que i'ay pris pour la pluye. Ah? quel contentement
I'aurois à le tuer, prenons-en le courage.

LELIE.

Hay?

SGANARELLE *fe donnant des coups de poings fur l'eftomach,*
& des fouflets pour s'exciter.
à part.

Ie ne parle pas. Ah! poltron dont i'enrage,
Lafche, vray cœur de poule.

CELIE.

Il t'en doit dire affez
Cét objet dont tes yeux nous paroiffent bleffez.

LELIE.

Oüy, ie connois par là que vous eftes coupable
De l'infidelité la plus inexcufable,
Qui iamais d'vn Amant puiffe outrager la foy.

SGANARELLE *à part.*

Que n'ay-je vn peu de cœur ?

CELIE.

Ah ! ceſſe deuant moy,
Traiſtre, de ce diſcours l'inſolence cruelle.

SGANARELLE.

Sganarelle, tu vois qu'elle prend ta querelle,
Courage mon enfant, ſois vn peu vigoureux :
Là, hardy, taſche à faire vn effort génereux.
En le tuant, tandis qu'il tourne le derriere.

LELIE *faiſant deux ou trois pas ſans deſſein, fait retourner Sganarelle
qui s'approchoit pour le tuer.*

Puis qu'vn pareil diſcours émeut voſtre colere.
Ie dois de voſtre cœur me montrer ſatisfait.
Et l'applaudir icy du beau choix qu'il a fait.

CELIE.

Oüy, oüy, mon choix eſt tel qu'on n'y peut rien reprendre.

LELIE.

Allez vous faites bien de le vouloir defendre.

SGANARELLE.

Sans doute elle fait bien de defendre mes droicts :
Cette action, Monſieur, n'eſt point ſelon les loix,
I'ay raiſon de m'en plaindre, & ſi ie n'eſtois ſage.
On verroit arriver vn étrange carnage.

LELIE.

D'où vous naiſt cette plainte ? & quel chagrin brutal...

SGANARELLE.

Suffit, vous ſçauez bien où le bois me fait mal ;
Mais voſtre conſcience & le ſoin de voſtre ame
Vous deuroient mettre aux yeux que ma Femme eſt ma Femme.

Et vouloir à ma barbe en faire voſtre bien,
Que ce n'eſt pas du tout agir en bon Chreſtien.

LELIE.

Vn ſemblable ſoupçon eſt bas & ridicule,
Allez, deſſus ce poinɡ̃t n'ayez aucun ſcrupule,
Ie ſcay qu'elle eſt à vous, & bien loin de brûler...

CELIE.

Ah? qu'icy tu ſçais bien, Traiſtre, diſſimuler.

LELIE.

Quoy me ſoupçonnez-vous d'auoir vne penſée
De qui ſon ame ait lieu de ſe croire offenſée?
De cette laſcheté voulez-vous me noircir?

CELIE.

Parle, parle à luy-meſme, il pourra t'éclaircir.

SGANARELLE.

Vous me defendez mieux que ie ne ſçaurois faire,
Et du biais qu'il faut, vous prenez cette affaire.

SCENE XXII.

Celie, Lelie, Sganarelle, ſa femme,
la ſuiuante.

Dans la quatriéme Scene de cette Piece, la Femme de Sga-
narelle qui auoit pris de la jalouſie en voyant Celie entre les
bras de ſon Mary, vient pour luy faire des reproches (ce qui
fait voir la merueilleuſe conduite de cét Ouurage) jugez de
la beauté qu'vn agreable mal entendu produit dans cette

Scene : Sganarelle croit que ſa Femme vient pour defendre
ſon Galand, ſa Femme croit qu'il aime Celie, Celie croit
qu'elle vient ingenuëment ſe plaindre d'elle, à cauſe qu'elle
eſt auec Lelie, & luy en fait des reproches ; & Lelie enfin ne
ſçait ce qu'on luy vient conter, & croit toûjours que Celie
a épouſé Sganarelle. Quoy que cette Scene donne vn plaiſir
incroyable à l'Auditeur, elle ne peut pas durer plus long-
temps ſans trop de confuſion, & ie gage que vous ſouhaittez
déja de voir comment toutes ces perſonnes ſortiront de l'em-
barras où ils ſe rencontrent ; mais ie vous le donnerois bien
à deuiner en quatre coups, ſans que vous en puiſſiez venir à
bout. Peut-eſtre vous perſuadez-vous qu'il va venir quel-
qu'vn, qui ſans y penſer luy-meſme, les tirera de leur erreur :
peut-eſtre croyez-vous auſſi qu'à force de s'animer les vns
contre les autres, quelqu'vn venant à ſe juſtifier, leur fera
voir à tous qu'ils s'abuſent ; Mais ce n'eſt point tout cela,
& l'Autheur s'eſt ſeruy d'vn moyen dont perſonne ne s'eſt
iamais auiſé, & que vous pourrez ſçauoir ſi vous liſez les
Vers de cette Scene.

LA FEMME DE SGANARELLE à Celie.

Ie ne ſuis point d'humeur à vouloir contre vous
Faire éclater, Madame, vn eſprit trop jaloux,
Mais ie ne ſuis point duppe, & voy ce qui ſe paſſe :
Il eſt de certains feux de fort mauuaiſe grace,
Et voſtre ame deuroit prendre vn meilleur employ,
Que de ſeduire vn cœur qui doit n'eſtre qu'à moy.

CELIE.

La declaration eſt aſſez ingenuë.

SGANARELLE à ſa Femme.

L'on ne demandoit pas, Carogne, ta venuë,
Tu la viens quereller lors qu'elle me defend,
Et tu trembles de peur qu'on t'oſte ton Galand.

CELIE *se tournant vers Lelie.*

Allez ne croyez pas que l'on en ait enuie.
Tu vois ſi c'eſt menſonge, & i'en ſuis fort rauie.

LELIE.

Que me veut-on conter?

LA SVIVANTE.

Ma foy ie ne ſçay pas
Quand on verra finir ce galimatias :
Déja depuis long-temps ie taſche à le comprendre,
Et ſi plus ie l'écoute & moins ie puis l'entendre,
Ie vois bien à la fin que ie m'en dois méler.

Allant ſe mettre entre Lelie & ſa Maiſtreſſe.

Répondez moy par ordre & me laiſſez parler.

à Lelie.

Vous, qu'eſt-ce qu'à ſon cœur peut reprocher le voſtre?

LELIE.

Que l'infidelle a pû me quitter pour vn autre;
Que lors que ſur le bruit de ſon Hymen fatal,
I'accours tout tranſporté d'vn amour ſans égal,
Dont l'ardeur reſiſtoit à ſe croire oubliée,
Mon abord en ces lieux la trouue mariée.

LA SVIVANTE.

Mariée, à qui donc?

LELIE *montrant Sganarel*

A luy.

LA SVIVANTE.

Comment à luy?

LELIE.

Oüy-da.

LA SVIVANTE.

Qui vous l'a dit?

LELIE.

C'eſt luy—meſme auiourd'huy.

LA SVIVANTE *à Sganarelle.*

Eſt-il vray?

SGANARELLE.

Moy, i'ay dit que c'eſtoit à ma Femme
Que i'eſtois marié.

LELIE.

Dans vn grand trouble d'ame,
Tantoſt de mon Portrait ie vous ay veu ſaiſi.

SGANARELLE.

Il eſt vray, le voila.

LELIE.

Vous m'auez dit auſſi,
Que celle aux mains de qui vous auez pris ce gage,
Eſtoit liée à vous des nœuds du Mariage.

SGANARELLE *montrant ſa Femme.*

Sans doute, & ie l'auois de ſes mains arraché,
Et n'euſſe pas ſans luy découuert ſon peché.

LA FEMME DE SGANARELLE.

Que me viens-tu conter par ta plainte importune?
Ie l'auois ſous mes pieds rencontré par fortune,
Et meſme quand apres ton injuſte couroux
Montrant Lelie.
I'ay fait dans ſa foibleſſe entrer Monſieur chez nous,
Ie n'ai pas reconnu les traits de ſa peinture.

CELIE.

C'eſt moy qui du Portrait ay cauſé l'auanture,
Et ie l'ay laiſſé choir en cette paſmoiſon,

A Sganarelle.

Qui m'a fait par vos foins remettre à la maifon.

LA SVIVANTE.

Vous voyez que fans moy vous y feriez encore,
Et vous auiez befoin de mon peu d'Elebore.

SGANARELLE.

Prendrons nous tout cecy pour de l'argent comptant;
Mon front l'a fur mon ame eu bien chaude pourtant?

SA FEMME.

Ma crainte toutefois n'eft pas trop diffipée,
Et doux que foit le mal, ie crains d'eftre trompée.

SGANARELLE.

Hé! mutuellement croyons-nous gens de bien,
Ie rifque plus du mien que tu ne fais du tien,
Accepte fans façon le marché qu'on propofe.

SA FEMME.

Soit; mais gare le bois fi i'apprens quelque chofe.

CELIE *à Lelie apres auoir parlé bas enfemble.*

Ah Dieux! s'il eft ainfi, qu'eft-ce donc que i'ay fait?
Ie dois de mon couroux apprehender l'effet :
Oüy, vous croyant fans foy, i'ay pris pour ma vangeance
Le malheureux fecours de mon obëiffance,
Et depuis vn moment mon cœur vient d'accepter
Vn Hymen que toûjours i'eus lieu de rebuter;
I'ay promis à mon Pere, & ce qui me defole...
Mais ie le vois venir.

LELIE.

Il me tiendra parole.

SCENE XXIII.

Celie, Lelie, Gorgibus, Sganarelle,
fa Femme, la Suiuante.

Lelie dans cette Scene, demande l'effet de fa parole à Gor-
gibus : Gorgibus luy refufe fa Fille, & Celie ne fe refout
qu'à peine d'obeïr à fon Pere, comme vous pouuez voir en
lifant.

LELIE.

Monfieur, vous me voyez en ces lieux de retour,
Brûlant des mefmes feux, & mon ardente amour
Verra comme ie croy la promeffe accomplie
Qui me donna l'efpoir de l'Hymen de Celie.

GORGIBVS.

Monfieur, que ie reuois en ces lieux de retour,
Brûlant des mefmes feux, & dont l'ardente amour
Verra que vous croyez la promeffe accomplie,
Qui vous dnna l'efpoir de l'Hymen de Celie,
Tres-humble Seruiteur à voftre Seigneurie.

LELIE.

Quoy, Monfieur, eft-ce ainfi qu'on trahit mon efpoir ?

GORGIBVS.

Oüy, Monfieur, c'eft ainfi que ie fais mon deuoir,
Ma fille en fuit les loix.

CELIE.

      Mon deuoir m'intereffe,
Mon Pere, à dégager vers luy voftre promeffe.

GORGIBVS.

Eft-ce répondre en fille à mes commandemens?
Tu te démens bien toft de tes bons fentimens,
Pour Valere tantoft... Mais i'apperçois fon Pere,
Il vient affeurément pour conclure l'affaire.

SCENE DERNIERE.

Celie, Lelie, Gorgibus, Sganarelle,
fa Femme,
Villebrequin, la Suiuante.

*La joye que Celie auoit euë en apprenant que fon Amant
ne luy eftoit pas infidelle, euft efté de courte durée, fi le Pere
de Valere ne fut pas venu à temps pour les retirer tous deux
de peine. Vous pourez voir dans le refte des Vers de cette
Piece, que voicy le fujet qui le fait venir.*

GORGIBVS.

Qui vous ameine icy, Seigneur Villebrequin?

VILLEBREQVIN.

Vn fecret important que i'ay fceu ce matin,
Qui rompt abfolument ma parole donnée.
Mon Fils, dont voftre Fille acceptoit l'Hymenée,
Sous des liens cachez trompans les yeux de tous,
Vit depuis quatre mois auec Life en Efpoux;
Et comme des Parens le bien & la naiffance
M'oftent tout le pouuoir d'en caffer l'Alliance,
Ie vous viens...

GORGIBVS.

Brifons-là, fi fans voftre congé,
Valere voftre Fils ailleurs s'eft engagé,
Ie ne vous puis celer que ma fille Celie
Dés long-temps par moy-mefme eft promife à Lelie,
Et que riche en vertus fon retour aujourd'huy
M'empefche d'agréer vn autre Epoux que luy.

VILLEBREQVIN.

Vn tel choix me plaift fort.

LELIE.

Et cette jufte enuie
D'vn bonheur eternel va couronner ma vie.

GORGIBVS.

Allons choifir le jour pour fe donner la foy.

SGANARELLE.

A-t-on mieux crû iamais eftre Cocu que moy?
Vous croyez qu'en ce fait la plus forte apparence
Peut jetter dans l'efprit vne fauffe creance?
De cét exemple-cy reffouuenez-vous bien,
Et quand vous verriez tout, ne croyez iamais rien.

*Sans mentir, Monfieur, vous me deue₂ eftre bien obligé de
tant de belles chofes que ie vous enuoye, & tous les Melons
de voftre jardin ne font pas fuffifans pour me payer de la
peine d'auoir retenu pour l'amour de vous toute cette Piece
par cœur; mais i'oubliois de vous dire vne chofe à l'auantage
de fon Autheur, qui eft que comme ie n'ay eu cette Piece que ie
vous enuoye que par effort de memoire, il peut s'y eftre coulé
quantité de mots les vns pour les autres, bien qu'ils figni-
fient la mefme chofe; & comme ceux de l'Autheur peuuent*

eſtre plus ſignificatifs, ie vous prie de m'imputer toutes les fautes de cette nature que vous y trouuerez; & ie vous conjure auec tous les Curieux de France de venir voir repreſenter cette Piece, comme vn des plus beaux Ouurages, & vn des mieux jouëz qui ait iamais parû ſur la Scene.

FIN.